KB273821

일몰에 부쳐

일몰에 부쳐

2026년 2월 27일   초판 1쇄 인쇄 발행

지은이   정정화
펴낸이   박종래
펴낸곳   도서출판 명성서림

등록번호   301-2014-013
주소   04625 서울시 중구 필동로 6 (2, 3층)
대표전화   02)2277-2800
팩스   02)2277-8945
이메일   msprint8944@naver.com

값 10,000원
ISBN 979-11-7439-098-1

일몰에 부쳐

정정화 시집

도서출판 명성서림

책 머리에

흐린 날씨만큼 구멍 뚫린 창가 끝에
무거운 시선 머문다
조잘대는 갈등의 소리들도
무심히 흘려보내고
바닥에 달라붙어 떨어지지 않는 오늘
무겁게 짓누르는 나를 쳐다본다
시선 마주하기 두려워 떨구는 고갯짓에
힘겹게 다가오는 한 줌의 햇살

- 아버지의 방 일부

많은 망설임과 고민 끝에 첫 시집을
세상에 내놓게 되었습니다.
항상 옆에서 용기를 준
가족(남편과 두 딸)에게
감사와 고마움을 전합니다.

저자 정정화

1부 · 가을 모서리

4부 · 기다림의 끝

5부 · 한낮의 출근길

시평

「자연과 삶, 가족과 내면의 관계 사이에서
　반짝이는 인간 존재의 순간들을 포착한 서사」

1부
가을 모서리

일몰에 부쳐

눈썹 밑의 괭이갈매기
수평선 속 한 점 빛으로 타고

붉게 그을린 섬은 홀로
얼굴을 컵 속에 드리운 채
나의 가슴에 안기운다

하루의 뒷모양을 보는 설움이 울컥
목 안의 가시로 돋는다

섬뜩 가시로 떠오르는 섬

그 속에 내가 앉아
컵 속의 얼굴을 꺼내고 있다

그리움

머얼리 떠 있는 섬

눈 속에 큰 섬이 나를 깨운다
홀로 덩그러니 버티고 앉아
나를 깨우고 있다

곱게 다가가 큰 섬에 나를 맡긴다

푸른 파도 일렁이는 붉은빛
갈매기들의 군무
시간을 돌려놓고...

빛도 갈매기도 수평선을 넘어가고
눈 속에 큰
섬이 또 나를 깨운다

멀어지는 그대

오늘도 어김없이 눈 속에 가시가 박혔나 봅니다
짭조름한 액체가 하염없이 흐릅니다
나조차도 어쩔 수 없는, 어떤 증상도 없이
그저 그렇게... 겉으로 보이는 상처는 없습니다
그러나 참을 수없는 고통이 나를 억누르고 있습니다
아프다고 소리도 내지 못합니다
그 사람이 싫어하니깐, 그냥 참아 봅니다
메이는 가슴 그리움이 넘쳐 아무것도 할 수 없습니다
그냥 그렇게 흐르는 눈물을 닦습니다
아무도 모르리라 생각하며 세월을 보낼 겁니다
그가 환한 웃음으로 다가올 때까지

숲

짙푸른 나무 그늘
수다스러운 바람을 잠재우고
사각사각 풀잎 자라는 소리 듣고 있다

숲이 나를 응시한다
흔들리는 잎에 박혀 허둥대는 나를
돌 틈에 빛나는 햇살을 쌓으며
나를 들여다본다

새의 날갯짓에 푸른빛이 뜨겁다
햇빛은 짙은 숲속으로 잠기고
계곡으로 굴러가는 작은 돌멩이 하나
내 가슴 위로 떨어진다

꿈결 같은 순간 사라질까 두려워
두 손 가득 청푸른 숲을 움켜쥐지만
어느새 어렴풋한 이내 빛만 남기고
어둠이 깊게 쌓인다

밤새 흔들리는 달빛이
외로운 내 눈물 위에 박힌다

가을 모서리

점으로 흩어지는 안개 숲
딸꾹질하는 바람을 맞는다
충혈로 얼룩진 빛살

겹쳐 입은 기억들을 개어
허리춤에 두르고
굵힌 듯 엎드려 있는
가을 물을 흔들어 깨운다

감겨 오는 만삭의 하늘
눈이 아려 온다
작아진 집만큼 근심의 볼멘소리
나를 올려다본다

애써 외면하는 뒹구는 소리
힐끗 쳐다보는 시선
하늘 모서리 그림자로 세운다

시간 속에 귀 열어
가을볕을 뒤척인다

회색 창

부드러운 소리로 조근거리는 바람
소홀함을 느꼈을까?
사나운 비바람을 몰고 창가에 서 있다
눈이 마주친 순간
차려입은 그가 미소를 띄우며
안색을 살핀다
무심했던 지난 시간을
보상이라도 받아야 하는 것처럼
쉬지 않고 떠들며 비가 쏟아진다
짜증이 몰려 온다
이미 만원이 되어버린 내 안의
좌석은 어떤 낯설음도 회피한다
발목까지 차오르는 눈빛
자리를 박차고 걸어가는 그림자를
끌어안는다

시험

꽃비 트는 아침
휴...
오늘은 기말고사
바닥에 닿는 뒤꿈치가 비틀거린다

쏟아지는 문제 과부화되어 쓰러지고
자유롭지 못한 날갯짓 초롱한 눈빛은
바닥으로 잠겨
알 수 없는 언어의 몸짓에 절규하며
뛰어간다

촉수를 세워 흔들리는 눈동자 잡아내며
잡아먹을 듯 날아오는 호흡들
파닥이는 어린잎
아이들의 아우성을 즐기고 있다

숨 막히는 고요 속 펜의 기억이
'툭' 하며 소리친다
시험지와 씨름하며 빠져드는 기억들
밤새운 너를 아파하며 길들인다

벼랑 끝 갈 곳 없는 작은 그림자
세상과 맞짱 뜰 차례 순간
와사삭 씹히는 OMR카드

휘몰리는 한나절 내 다리가 시위한다
걸어오는 작은 나무 눈물 날리며 멀어진다

상심한 풍경

낯선 향기 울렁임으로 젖는 오후
공항버스 리무진
꽂히는 빗살 속 빠르게 퍼진다
현기증이 내 눈물 흐르게 투시하고
게이트로 향하는 넓은 가슴
겹치는 얼굴 그림자로 나를 덮는다
뜨거운 창문 넘어 시선은 버둥거리고
심장 같은 언어
숨이 차 바닥으로 떨어지는 공간
비틀거리는 풍경이 누렇게 변해 가고
점점이 퍼지는 뒷모습
상심한 낮빛이 굳어 갈 때
시계 소리 조근조근 조여 오는데
해길 빛길 잃은 영혼의 시선은....

낯선 길의 기억

낯선 길
흩어지는 바람의 기침
햇살은 입 속을 파닥거리며
잠자는 혈관을 흔들어 깨운다

연두의 매달림은 떨림의 기억으로
빠르게 스며들고

질끈 씹는 파란 하늘
놀란 풍경이 바람에 대롱거린다

걸음을 멈춘 나
흠뻑 젖어 떨어지는 소리

내딛는 발꿈치 뒤로
낯익은 얼굴
뜨거움은 가라앉고....

가을의 떨림

떨림의 기억
햇살 뜨거움에 놀라
구름 가는 길을 재촉하며
숨을 헐떡인다

비워지는 자리만큼
낯선 그림자
풀잎의 뒤척임을 밀어내고

입 속의 파닥거리는 노란 햇살을 뻗어
어정대는 가을을
풀어놓는다

질투의 햇살

익숙한 냄새
바이올렛 바람이 길을 닦는다

손가락 사이로 퍼지는 연두의 꿈길
혼자가 아닌
부드러운 입술과 함께였을

온화한 구름 몇 점
내 안의 잔을 채워 마시고
붉게 피어나는 취기와 함께
성큼성큼 걸어오는 빛의 흔들림

질투의 햇살이 비집고 다가오지 못하게
두터운 종이 위로 살풋 일어선다

바람의 시간

파란 하늘 품에 안긴 그리움으로
바람에 묻은 가을을 털고 있다

가붓한 하늘 시간을 비빌 때쯤
바람에 익은 노을
허리 굽은 산골로 젖어들고

넘치는 노을 배고픈 나를 채워
늘어져 있는 꿈의 끈을 잡으면

가슴속 툭!
떨어지는 허리 굽은 하늘

내 안에 쌓이는 낙서

파랗게 늘어진 바람 위
거친 햇살 실눈 뜨고
하늘 끝자락 애처롭게 매달리고 있다

새롭게 피어나는 향기에 취해
몸에 익은 햇살을 미련 없이
벗어 버린다

나뭇잎과 뒹구는 낯익은 바람의 소리
일그러진 얼굴에 짓눌러 땅속으로
꺼져 가고

서걱대며 일어서는 숨어 있는 빛살
낙서 한 줄 개어 내 안에 쌓는다

기억 속의 포옹

잡은 손 놓고 너를 떠나보낸다
정열의 몸부림을 뒤로한 채
화려한 몸짓은 기억 속에 잠기고
포옹 속에 너를 밀쳐 낸다

변심한 하늘 붉은 향기에 초심을 잃고
새바람을 끌어안는다

뽀얀 얼굴 불그레 달아오르고
어느새 그의 입술
내 안에 와 겹친다

뜨겁던 너를 뒤로한 채....

그리움 시간

달빛 그림자 한 장 두 장
나에게로 와 쌓인다

꽉 다문 옷깃 사이
그림자 제 몸 찾으러 버둥거리고
밤새 머릿밑에서 틈을 찾는다

머리 위 나를 지켜보는 유혹의 시선
붉은빛은 나를 흔들어 깨우려 애쓴다

무겁게 그를 쳐다본다
얼마큼의 시간이 흘렀을까?
새들의 노랫소리에 놀란 그림자
화들짝 눈을 뜨고

동공 속엔 밤새 지친
나무 한 그루 서 있다

시월의 달력

눈치 살피는 구름
살포시 바람결에 자리를 잡는다
비틀거리는 푸른 나무
속닥거리는 바람에 자리를 비워 주고
깊은 메아리 속에 푸른 눈물 떨군다

짙은 어둠은 망각이라도 한 듯
육체의 리듬은 잘려진 시간처럼
자리를 뜨지 못한 채
몽글한 나를 쓸어안고

사각의 틀 속에 시간을 재운다

상심

내민 손 낯설어 외면해 버린다
따뜻한 숨결과 목소리도 아니다
땅으로 떨어지는 가슴을 담을
생각을 놓친다

차가움이 얼게 만든다
낯설게 다가오는 목소리
냉랭한 가슴을 녹여 주지 못하고
쓰리고 아프기만 하다
젖어 버린 가슴이 무거워 설 수도 없다

어깨 위로 내려앉던 따스한 목소리는
어디로 갔을까?
내리쬐는 초복의 심술에도 불구하고
냉기가 목까지 차오른다

고개를 가로젓는다
내 너를 오지 마라 하였거늘....

외출

자리를 뻗어 버린 나의 한숨은
어느새 향기로 변해
가벼이 빛살을 감싸안는다
잔가시 가득 찬 소리도 입 내밀어
기억을 담아
열매 달아 놓고
충혈되어 튀어오는 바람은
터지는 주름들을 감싸안는다

자리를 박차고 나가던 풀잎들도
자글거리던 바퀴의 소리도
사월의 자국을 남기며 잠긴다

모의고사

구겨서 뒹구는 수년의 씨름
튀어 오르는 활자의 몸부림이
까맣게 젖어 온다
순간의 찰나

지하 동굴로 떨어질 수도 있는
구겨진 내 한숨이 점점 커져 온다

화이트로 지울 수 있는
그들을 바라보는 내 시선이
긴 터널 속에 묶여 꼼짝도 못 한다

활자의 난이도가 커진 동공을
삼켜 버린다
통통 구르는 시험지가
하얀 발등을 누르고
무게에 눌러 떨어지는...

고개를 들 수가 없다

갈등의 온도

휘청거리는 온도만큼 발끝이 시려 온다
도로의 혼잡으로 정체 중
하루가 다르게 변화하는 도시에서
길을 잃고 멈춰 버린 신호등

오지 않는 빛들과 기다려 주지 않는
시간과의 관계 속에 오늘도 내 발만
아프고 저리다

드러누운 짜증만큼 눈꼬리가
눈썹 위로 달린다
애매한 손톱만 물어뜯는

하얗게 굳어지는 얼굴만큼
내 위장은 위액으로 채워 시리다

공복

미끄러지는 운명이
소리를 내며 파동을 일으킨다
아스팔트 위에 번지는 흑백의 울렁임
텅 빈 마음에 파문이 떠 있다
낮게 다가오는 직립의 시간
지난밤 나의 얼굴이
허기진 가슴의 한숨으로 지워 간다
갈 곳 없는 감정의 소리
구멍 뚫린 옆구리에
이내가 되어 안긴다

2부

오월의 시선

기억의 침묵

쉰 목소리
버거운 굽어진 세월
돌아가야 하는 시간만큼
아픈 구름들로 가득 켜져 있다
무덤덤해진 공간 속에
세워진 손톱의 날카로움
애써 외면하는 시선
멍들이 성장하며
배를 불리고 있다

칠월의 균형

책상 위로 피곤이 흘러넘친다
회복하기 힘든 통증까지
밤새 울부짖던 소리를 밟고
눈 감던 풀들이 삐죽삐죽 올라온다

모든 근육이 흘러내리듯
균형을 잃은 육체의 리듬

현기증은 갈증과 함께 내장을 비집고
과부화된 혈관은
터져 흘려 내 발등을 깨친다

뿌글거리는 헐벗은 근육
빈 접시 같은 소파 위로 내려앉는다

허무

공간 속에 자리 잡은 창백한 시곗바늘
숨 쉴 틈 없이 질주하는 시선
따뜻한 손 떨림이 전달되기 전에
인천 공항 5A에 도착한다

뭉클하게 만져지는 마음 잡고
터벅터벅 내려오는 호흡
외면해 버린다

떨구어진 휑한 시선들을 잡아
품속으로 스며든다

놓치고 싶지 않은 뜨거운 가슴
내 안에 와 겹치는 그의 목소리
하얗게 울고 있는 목마른 손짓

낯선 몸짓의 반란

한낮의 평온이
늘어지는 피부만큼 낯설다
내 몸을 조율하는 소파
톡톡 내 안으로 흘러들어 온다
낯선 이의 어설픈 체취
삐걱거림으로 존재를 드러내고
수축과 팽창의 차가움이
휘휘 소리를 내어 울고 있다
배고픈 허리 휘어 감아
꾸역꾸역 감성의 뿌리 캐어 먹는다
철이 없는 바람의 아찔함이
깎여져 가는 묵은 기억을 읽는다

퇴근길

무거운 발걸음 속 지친 햇살
발밑으로 내려놓고
고개 돌린 칼바람 어느새 목덜미를 채어
그 속에 나를 가둔다
헝클어진 생각 속에 분노는
난도질하고 있다
어깨에 내려앉은 꽃잎이 한없이
무겁게 느껴질 때
아프게 때려오는 바람이
올라간 눈꼬리만큼 지쳐 보인다
새롭게 빠져 가는 낯설은 파장
발꿈치 뒤로 비웃는 바람의 웃음소리
치마 끝을 잡고 노랗게 뜬 얼굴 위로
텅 빈 시선 덮고 눕는다

아침

짜릿한 몇 점의 풍경
승선을 타고 내려오는 붉은 청춘
그가 자고 있을 공간 속에
타오르는 입김을 불어넣는다
자잘한 가루들이 새끼를 치는
햇살들의 웃음소리
낮게 퍼지는 내 안의 높은음자리 속
우수수 떨어지는 가락
점으로 흩어져 머문다
넉넉한 가슴 커지는 그림자
다음 잠의 풍경이 은밀한 바람 속에
묻어 산다
막 깨어난 그림처럼

볼우물의 속삭임

화장을 하는 파르라니한 구름
붉은 입술 도톰하게 오므리고
대문 열고 다가올 햇살에 방긋
하얀 이 보인다

볼우물 가득 고인 속삭임에
지나가는 바람이 연초록 눈길로 올려본다

커지는 동공엔 지문처럼 번지는 빛살
흔들리는 구름들의 중얼거림

자갈이 떠 있는 에메랄드빛 하늘에
나는 또 햇살 몇 불러 모아
화장을 하며 다시 태어난다

일출

안개 깨물어 떨어지는 새벽
촐싹거리는 바람에 떨리는 거리는
마음을 비우고
파르르 불빛 한 점 들어와 앉아 있다
몸 속 에너지는 빠져나가고
휑한 마음 열어 날리는 먼지 몇
쓸어 담지만
소진된 내면은 채워지지 않는다
선홍빛 뭉긋 번진 입술
상처 입기 쉬울 것 같은
안개 조각들을 채근한다
하얗게 펼쳐질 바람을
꽉 채워 삼킬 것처럼
숨죽인 옅은 빛을 가진 해가
충혈되어 살갗을 터뜨린다

호박죽

노랗게 잘 익은 늙은 호박
골 파여 하얗게 눈이 피었다
팥 넣고 찹쌀 풀어
호박죽 쑤어 먹을 생각에
포근한 향기가 넘친다

팔딱이는 하얀 속살
낯선 날카로움에 바닥으로 나뒹굴고
통통 튀어오는 하얀 씨 엉켜 넘어진다

두터운 외투 벗으려다
아! 손끝의 붉은 피 내 몸에서
떨어져 나간다
우리한 아픔

노랗게 늘어나 있는 우윳빛 안개 자국
기진 내 몸을 집어삼켜 버렸다

한낮의 풍경

이글거리는 아스팔트 위에
시위하는 내가 걸어간다
패잔병의 모습이 파노라마처럼 펼쳐진다

쏟아지는 뜨거운 열기에
녹아웃 되어 버린 육신
쉴 새 없이 흐르는 끈적끈적한
땀방울의 테러에
무방비의 상태가 된다

정신 나간 거리에 초점을 잃은 가로수
바닥으로 길게 잠겨 간다

한낮의 생각

턱턱한 바람이 슬그머니 창문을 비집고
자리 잡아 누워 있다
할 일을 망각한 채 초점 없는 눈빛에
시선을 떨군다
길게 그늘진 마루 끝에서 빨간불
깜빡 충전 중
흩어져 있던 햇살 불러 모아
미소로 통성명한다
기억 더듬어 다가오는 구름이
얼굴 씻겨주니
시원한 향기 날리며
날 바라보고 있다

여름나기

밤새 바람 타고 온 여름 향기
창문 두드리며 아침을 알린다
익어 가는 길가의 빛의 조잘거림
바쁜 그늘의 나무들을 채근하며
철없는 매미들의 아우성은
한낮 달콤한 잠의 무늬를 흐트려 놓는다
강렬한 빛의 군무에 이끌려
더욱 짙푸르러진 나무들의 노랫소리
바람이 몰고 오는 아찔한 향기와 마주한다
보잘것없는 엷은 빛의 미소
시험 삼아 붓질한 먹물처럼
늘어나 있다

편견

삐죽삐죽 쌓아 둔 기폭이 솟구친다

꾹꾹 눌러 잘 담아 놓은
내 안의 근성의 조각들

틀에 갇혀 모나고 상처투성인 허구의 모습

뿌리 깊게 내려 어느새 땅속 가득
집을 꾸렸다

그 속에 풍요롭게 바라보는 내 근심이

미소와 함께 걸어와 마주하고

꽉 다문 입술은

외출을 허락하지 않는다

일몰의 기억

가슴 뛰게 하는 꽃을 머금은 향기
귓불을 어지럽게 적셔 온다
커져 오는 소리만큼 짙은 내음에 취해
비틀거리는 육체의 리듬
꺼져 가는 바닥의 균형이
밀려오는 취한 바람과 함께
거리의 수채화 붓질은 시작된다
반쯤 눈 뜬 거리의 붉은 풍경이
향기를 쏟아 낸다 휑한 마음에 어둠은
어지럽게 내 안에 퍼져 가고
순간 아!
그리움에 자리를 털고
일어설 수가 없다

불면증

통통 부은 눈이 시린 새벽녘
돌아가지 못한 밤의 기운
주섬주섬 옷깃을 여미고 있다
편하지 못한 내 몸을
바닥의 기운이 끌어당긴다
모든 것은 무력감으로 다가오고
자리를 지키지 못한 잠의 기운
허기진 생각만큼 굶주림에 지쳐 간다
환하게 비치는 빛살의 몸부림도
외면한 채
낯선 중년의 초라함이
아픈 허리 감싸며 바닥으로 눕는다

오월의 시선

발돋음하며 응시하는 새벽녘 바람
공간의 소리 외면해 버린다
반란을 일으키는 시선을 느꼈을 때
흐려진 시야 사이 철없는 내가 서 있다
봄 햇살 머금은 손길
우리한 아픔 몸을 일으켜 세운다
살갗을 터트리고 튀어나오는
두터한 울림
고독 속에 매몰된다
지쳐 휑한 낯익은 소리와 함께
자세를 고쳐 앉는다
태엽을 감고 서서히 조여 온다
조심스럽게 투명한 시선 마주하며
우윳빛 공간 입 속 가득 찬
소란 내려놓고
상처 입기 쉬운 창백한
오월의 향기에 입맞춤한다

고사장

태양도 몸을 숨긴 오늘
낯선 향기가 싫지만은 않다
긴장의 순간이 살갗의 마비를 부르고
바람의 정겨움은 옷자락을
만져 주며 웃고 있다
"걱정 말라고"
무거운 철문 같은 시험장 현관을
걸어가는 내 분신
얼굴 가득한 푸른 미소가
가슴 아프게 한다
고마움인지 벅차오름인지 안쓰러움인지
눈물이 고여 흐른다
낯선 긴장감에 힘들어할
내 딸을 생각하며
한없이 바라만 보고 서 있다

황사

소용돌이치는 회색빛 아스팔트 광란
발목을 잡고 한없이 끌어당긴다
알지 못하는 또 다른 현실에 맞닿은
순간 머릿속이 하얗게 퍼진다
철사로 엮은 것 같은 빌딩 귀퉁이의 집
그동안의 나의 삶이 멍울지는
그림자를 본다
인정하고 싶지 않은 볼품없는
초라한 회색 그림자
헉 소름이 돋는다
그 모습이 낮이 익은
많이 본 듯한 익숙한 손놀림
바람이 먼지를 일으키며 피식 웃는다
절친한 친구 사이...

방황

안개 속에 갇혀 아무것도
볼 수도 느낄 수도 없다
언제부터 여기에 있었던 걸까
같은 길을 반복하며 걷는 내 다리도
더 이상의 기능을 잃어 가고

소리 내어 우는 바람
더듬이는 방향을 잃고 바닥으로
시선을 박는다

무력함의 일상은 새로운 기운의
출입을 허락하지 않는다
더 이상 진전은 없다
허공에 걸친 그늘에 나는 이제
흔적도 보이지 않는다

3부

밝은 아픈 미소

기다림의 시선

하얀 부드러움으로 다가오는 파도의 한숨
생각의 파동은 나를 삼킬 듯
큰 입을 벌린다

무거움으로 다가오는 떠도는 바람
잠복해 있던 그리움을 불러
시선 맞춘다

구릿빛 피부의 그가 그림자 길게
드리우며 서 있다
간지러운 입술
부호들이 넘쳐 난다

수면 위에 낮게 퍼지는 물결
내 안의 파장을 불러 들어와 앉고
울렁임 현기증을 부르며 긴 그림자
휘청이며 기댄다

눈꼬리 위로 올라간 바람

무거운 발걸음 속 지친 햇살
발밑으로 내려놓고
고개 돌린 칼바람 어느새 목덜미를 채어
그 속에 나를 가둔다
헝클어진 생각 속에 분노는 난도질하고 있다
어깨에 내려앉은 꽃잎이 한없이
무겁게 느껴질 때
아프게 때려오는 바람이
올라간 눈꼬리만큼 지쳐 보인다
새롭게 빠져 가는 낯설은 파장
발꿈치 뒤로 비웃는 바람의 웃음소리
치마 끝을 잡고 노랗게 뜬 얼굴 위로
따스한 햇살을 덮고 눕는다

아침

짜릿한 몇 점의 풍경
능선을 타고 내려오는 붉은 청춘
그가 자고 있을 공간 속에
타오르는 입김을 불어넣는다
자잘한 가루들이 새끼를 치는
햇살들의 웃음소리
낮게 퍼지는 내 안의 높은음자리
우수수 떨어지는 가락
점으로 흩어져 머물고
넉넉한 가슴 커지는 그림자
다음 장의 풍경이 은밀한 바람 속에 묻어난다
막 깨어난 그림처럼

기다림

화장을 하는 파르라니한 구름
붉은 입술 도톰하게 오므리고
대문 열고 다가올 햇살에 방긋
하얀 이 보인다

볼우물 가득 고인 속삭임에
지나가는 바람이 연초록 눈길로 올려본다

커지는 동공엔 지문처럼 번지는 빛살
흔들리는 구름들의 중얼거림

자잘히 떠 있는 에메랄드빛 하늘에
나는 또 햇살 몇 불러 모아
화장을 하며 다시 태어난다

발끝의 기억

후회되는 흑백의 시간들
빈 종이 위 피지 못하는 문자
빛바랜 기억들이 시간을 채운다

숨 가쁜 가슴
목구멍 위로 아픔을 밀어 보낸다

고통 속에 시선은 한 곳으로 머문다

마주하고 싶지 않은
누더기 같은 기운
발끝에 와 닿는다

무겁게 뜬 눈꺼풀
내 시야를 가린다

밝은 아픈 미소

깎이고 쓰린 내 안의 작은 아픔들
밝은 옷가지 벗고
새싹 같은 미소를 띄운다

따가운 시선들은 튕겨 내고
미세먼지 없는 하늘을 올려본다
가볍게 흔들리는 미소가 바람에 젖을 때

하얀 구름과 파란 하늘이
새삼 반가워지는 날
환한 아픈 미소로 대답한다

도시의 춤

찡그린 미간의 주름이 익숙한 아침
건조한 하루의 시작이다

반쯤 접힌 출구
성급한 사람들이 차고 나온다

작은 손끝으로 쓸어 올리는 앞머리
떨림이 춤춘다

어설픈 선율의 소용돌이 속
기억은 안개처럼 흐릿하다

늙어 버린 시각과 시간은
발등에 무거운 짐을 얹고
힘겹게 다시 일어선다

하얀 발끝을 세워....

낯선 어둠 익숙한 저녁

어둠의 고리가 낯설게 다가와
지치지 않는 함성으로 나를 감싸안는다

널브러진 그림자들이 조용히 속삭이고
구겨진 낯익은 소리의 파동이
손끝으로 밀려온다

잊고 있던 순간 붉게 다가오는 네가
하얀 속 살을 드러내며 소리를 지를 때까지
너의 존재를 알지 못했다

호들갑스러운 저녁은
뜨거운 너를 반갑게 맞이한다

집착

혼돈의 연속이다
가슴과 머릿속이 엉켜 길을 잃었다
안절부절못하는 미성숙된 계절처럼
마음 둘 곳 찾을 수 없다
헤아릴 수 없는 아픔의 깊이가
길게 드리워져 젖어드는 어둠에도
잠들 수 없는 타는 가슴이다
터질 것 같은 울렁임
그의 영상이 가슴에 박혀
부재를 믿을 수 없다
맑은 눈동자 천사 같은 미소
바람을 타고 푸른 달 속에 얼굴을 묻는다
마른 시간은 질끈 깨문 입술 위에 자리하고
타는 바람 끌어당겨 와락 안겨 오는
울음소리에 발을 담근 채
멀어지는 6월의 하늘에 넘치는 눈물 심는다
시간의 길들이 창틈에 젖을 때
저벅저벅 발자국 소리
나는 그를 보내지 않았다

간지러운 바람의 속삭임

간지러운 입술 한숨짓는 바람결에 들썩인다
빨갛게 익어 가는 하늘빛에
잠복해 있던 잔기침은
내 그림자를 불러 드리우고
넘쳐 나는 정보들의 움직임은
용량 초과로 허공에 걸쳐 미동도 없다
내 안의 창은 허기진 배를 부여잡고
밤새 잔기침과 씨름 중이다
들락거리는 생각은
너 안에 집을 짓는 수런거림을 냉동시키고
계단을 구르는 쓰러진 하루
내 안에 속살 같은 눈물 심는다

세월의 조각

욱신거리는 통증을 호소하는 조각난 하늘빛
찌억찌억 바람의 신선함이 식욕을 부른다
희끗희끗 움직이는 구름들의 눈망울
재촉하는 발걸음만큼 허공에 걸친
하늘빛이 빨갛게 익어 간다
눅눅히 젖어드는 세월의 고뇌
창백한 손 뻗어 조용히 너를 흔들어
눈을 맞춘다
깊숙이 들이켜는 9월의 끝 바람
투명한 기억의 옷을 입는다
발효 잘된 외로움
굽어진 아픔
허리 품고 바닥으로 잠기는
조각난 하늘빛

새벽 산행

늘어지는 눈꼽의 무게를 재우고
비워진 공간에 맑게 미소 짓는
새벽을 담는다
질끈 동여맨 신발 끈 잡고
춤추듯 산길로 향한다
무심했던 푸른 공간들은 질책이라도 하듯
자신의 채취를 마음껏 내뿜어
존재를 알린다
시간의 무게에 짓눌러 지냈던 기억들
훌쩍 내 키를 넘어서고
빨라진 걸음 사이로 거친 숨소리
가득 채우니
숲의 물결이 바람을 불러
얼굴을 묻게 한다
넉넉한 산길에 발을 담근 채
외로움의 구름이 시선을 뿌리니
곤충들의 울음소리 넘쳐 난다

일탈

한 움큼씩 빠져나오는 배고픈 노을 속에
긴장한 오늘이 서 있다
미처 챙겨오지 못한 바람을 미안해하며
노을의 웃음소리 귓전에 박힌다
무심한 발걸음 방향을 바꾸고
어둠을 몰고 오는 바람을 제 세상인 양
기운찬 노래로 적셔온다
두꺼운 이불 몰고 오는 깊은 저녁
긴장감은 휴식처럼 안정을 쥐여 주고
한 웅큼씩 삐져나오는 기억도 잊은 채
기울어진 어깨 땅속으로 꺼져 간다
두려움으로 가득 찬 시선을 안은 채....

지친 하루

깊은 상념은 길을 잃었다
맛의 감각은 어디로 흘렀는지
의미 없는 시간이 식도로 넘어갔다

멍해지는 발걸음 재촉하며 어디로 향하고
저려 오는 종아리는 아픔을 호소한다
닫혀 있는 거리가 한숨을 토해 낼 때
터져 나오는 불만의 소리
힐끔 쳐다보며 어둠의 사각 걸어갔다

흘러 내려온 길 틈에 낀 긴 그림자
내려앉은 시선과 마주하는 쉰 목소리
내 속에 넘치는 너를 담는다

장마의 끝

숨 쉴 틈 없이 몰아붙이는 습한 호흡
지친 하루를 잡아 세운다

시선을 걸어두고 삐져나온 나를
꿈틀거리는 가지 속잎들이
툭툭 기억을 털고 있다

미로에 갇힌 듯 미동도 하지 않는 시간 속
쓰러져 허둥대는 수군거림
생각의 뿌리는 깊어지고
그 무엇도 손에 닿지 않는다
무력해진 팔과 다리

초점 없는 바람 속에
습한 오늘을 보낸다

허기진 하루

삐걱대는 청각
창문을 두드리는 소리
사시 된 눈으로 보는 창가엔
하얀 빛살만 가득하다

밤새워 만든 흔적을 찾느라
조심스럽게 손끝의 자국을 남기지만
지난밤 소리는 빈틈이 없다

거칠게 다가오는 하얀 각질만 꿈틀거린다
멍한 바람과 잔기침 소리
거친 호흡은 내 얼굴을 할퀴고

달콤한 상처는
또 다른 하루
가면의 시작

창백한 얼굴에 화려한 숨소리

우울한 오후

허기진 오늘의 빛이 지나간다

붉게 부릅뜬 풀잎들이 배를 채우려
큰 잎을 벌리며 먹이를 수색 중이다

통통한 살이 오른 가을빛
욕심은 화려한 바람을 부른다

힘없는 그림자 풀잎 속에 숨는다
충혈된 눈 속에 가을빛 자리를 펴고

소리쳐 부르는 바람 소리 듣지 못한 채
애꿎은 풀숲에 시선을 박는다

저무는 빛

한 잎 베어 문 가을이 노랗게 젖어든다
낮게 들리는 작은 빛들의 노랫소리도
웃고 떠드는 바람의 숨결도
화려한 외출을 기다린다
삐걱거리는 관절의 울림이
정체되어 있는 쓰린 상처들 후벼 판다
시선의 끝자락에서 걸리는 뜨거운 빛은
아픈 살갗을 태우며 말라 간다

4부

기다림의 끝

공허

길 잃은 골목 위로
터벅터벅 낯선 시선 떨어진다
한 뼘 만큼 길어진 어둠 위로
한숨 소리 깊어지고
그 만의 기억 속에 투덜거림을 가둔다
두꺼워진 시간
무뎌진 초침의 균형
비틀거리는 하루
멍한 렌즈 위로 호흡을 부르고
낯선 시선과 함께 떨어진 그 길 위로
텅 빈 하루를 맞는다
허전한 햇살
뒤늦은 후회
잃고 난 후 쓰린 가슴의 요동
오늘도 아픈 하루는
내 한숨 위로 꽂힌다

변명

몸살을 부르는 나무들의 이른 아침

그 속에 늘어진 시선 바람을 부른다

뒤척임 한 줌 들고 서 있는 나

막다른 길 끝 방향을 잃었다

긴 밤 시선의 끝을 어디서 놓쳤을까

멍한 마음에 저려 오는 발을 채근한다

빈곤한 바람

위선의 표정으로 답한다

요동치는 갈등

한숨 소리 들리지 않는다
멈춰 선 시선
순간 발끝의 고통이 가슴을 먹는다

막혀 오는 시야
닫힌 창문 끝 질근 깨문 입술만큼
원성의 소리 길어진다

소리를 먹은 성대
요동치는 언어
한계점은 나를 시험대로 옮겨 놓고
칼끝의 날을 세운다

날카로운 푸른빛이 붉은 피를 부른다
터져 오르는 소리의 고통
침묵만이 잠재우는 분노

내 안에 나를 짓누르는
하얗게 늘어진 시간....

균형

가시의 반란이 시작된다
요동치는 아픔의 기운

갈라지는 기억은
걸쳐 앉아 있는 술잔 위로
넘쳐 난다

움츠린 어깨 위로 익숙한 시선
무게를 더하고
숨죽인 오늘 땅속으로 꺼져 사라진다

낯선 나
가면 속의 시선 응시한다

채울 수 없는 공간은
허우적거리는 미련을 부르지만

붉게 물든 술잔만 넘친다

그림자

잠겨 버린 소리들
지난밤 피 흘린 자국이
차가운 바람과 사라진다
어디로 간 걸까
모퉁이 돌아오는 길
함박웃음 소리 가득 안고
반겨주던 통통한 밤들이
앙상한 기억으로 돌아눕는다
캄캄한 시야
균형 잃은 내 발등
휘청거리는 가냘픈 소리
꾹 밟고 굳어 버린다
말라 버린 입술
얼음장 같은 하얀 이
안쓰럽게 미소 짓는다
비워지는 생각
그는 바보인 것이다
썩어 가는 발의 요동도 모른 채
그저 말라버린 기억만 채근하며
모퉁이로 돌아눕는다

고통의 소리

들리지 않는 소리
막혀 버린 시선
억누르는 감정의 고통
생살을 파고드는 유충들의 식성들과
녹아내리는 생각의 기억
감당할 수 없는 그곳에 내가 서 있다
피할 수 없는 나와의 시선에
서늘한 바람이 머릿결을 만진다
쓸어 넘긴 손끝에 하얀 기억을 털어 낸다
막혀 버린 성대만큼 먹먹한 가슴
어둠이 잠겨 와도 내 몸 쉴 곳이 없다
아니, 찾을 수 없다
의식조차 없을 수도 있을 그 골목에
오늘도 서성이며
나와의 시선에 입을 맞춘다

낯선 시선

시간의 무게를 안고
체념한 듯 응시한다
바람의 속삭임이 무겁게 느껴지는 오후
남루한 옷차림의 그가 시간을 먹고 서 있다
하얀 얼굴에 표정 없는 미소가
차갑게 다가온다
날카롭게 빛나던 소리는
무력한 다리의 한숨으로 젖어든다
앙상한 가지 끝에 간신히 열려 있는 마른 잎
거친 숨소리와 말라 버린 손등이
시간의 무게로 나를 압박하는
오후의 소리로 다가온다
발끝의 신음 소리를 묵인하며
한 발짝씩 내딛는 어깨가 시려온다
사라지는 오늘
잠겨 오는 저녁의 음산함을 느끼며
한숨과 함께 깊은 호흡에 달려간다
무겁게 다가오는 시간 속으로
지친 발끝 시선과 함께....

통증

마른 뼈들의 울렁임이 현기증을 부른다
앙상한 혈관 속에 낯설게 안겨 오는 오늘이
나를 힘들게 보고 있다
휘청이는 허리의 고통
사진 손끝 잡고 밤새 뒤척인다
힘겹게 다가오는 우윳빛 새벽바람
하얀 이 보이며 눈인사로 안부를 살핀다
구멍 뚫린 늑골 사이
따뜻한 공기 넣어 줄 환한 햇살을 기다린다
착시인가?
흐린 동공 속에 나를 쳐다보는 이
파란 구름 한가득 품고 서 있다

기다림의 끝

손발 묶여 할 일을 망각한다
소리의 움직임만 빠른 떨림으로 다가오고
사각의 기둥에 둘러싸인 바람만
조근조근 조여 온다

무릎 밑으로 잠재해 오는 습한 공기들
언어의 눌림으로 잠듦을 예감한다

푸른빛으로 조여 오는 노릿한 냄새는
잠들어 있던 내면을 채근하며
조용한 잎들을 일으켜 세운다

꺼져 가는 울림의 요동을 뒤로한 채
요란한 바람의 손짓으로 다가간다

발등에 덮여 오는 차가운 눈초리도 잊은 채
어두운 밤을 먹고 있다
그것이 외로움의 몸부림인 줄도 모르고

차갑게 호흡을 마신다
소리의 빠른 열림이 다가올 때까지....

어머니의 기억

눈 속에 두터운 그림자 앉아 있다
상처 난 가지들을 가득 안고 멍든 잎들을
품고 있다
기울어진 의자
힘겹게 기대선 그늘진 바람은
늘어진 주름으로 응대한다
구멍 난 입 속에 어린 아침이
장난을 걸어온다
주름진 골에 익숙한 그림자
놀란 듯 낯선 몸짓에
흠칫 단추를 여민다

건망증

헝클어진 오늘이 늘어진 시선 위로 떨어진다

서로 다른 기억들로 가득 찬 서랍 속
오늘을 밀어 넣어본다

손등 위로 번져 오는 기억들이
예쁘게 화장을 할 수 있도록
자리를 내어 준다

내 서랍 속 가득 찬
붉은 입술의 흔적

분홍빛 원피스에 그를 품고
늘어진 시선 위로 살며시 다가가 본다

벽시계

쓴소리 닮아 가는 내 안의 울음
쇳소리 나는 늙은 방 안에
노랗게 쌓여 가는 잔소리 가득하다
외면하고픈 공간이 발목을 붙잡고
놓쳐 버린 시간들이 원망 가득 찬 시선으로
나를 바라보고 있다
돌아보지 못한 너 안의 나
질책하는 시간이 흐르고
누렇게 떠 버린 너를 밀어낸다
발목에 저리는 아픔을
감은 눈 속에 묻고
짙어 가는 발걸음은 흔적을
찾을 수 없다

동호회

잊어버린 입 속의 색깔들
습관처럼 스치는 미묘한 냄새
이젠 반응도 없다
어제의 빛을 기억하지 못한다
오늘의 반란만 자리한 분주한 내 앞의 종기들
빈 그릇들의 요란한 합주가 시작된다
마찰로 부르는 일상의 고통이
합주 소리에 묻히고
아무도 돌아보지 않는
나만의 아픔과 마주한다
미간 사이 깊이 패인 주름
갈등이 쌓인다

낯선 공간

향불이 춤을 추며 내달린다
하얀 손끝의 날카로움
아름다운 색에 취해 현기증을 부른다
입맞춤의 짜릿함이 서글퍼지는 저녁
낯선 체취에 자리를 밀어내고
길들여지지 않은 공간에
어색한 하얀 웃음이 떠돈다
나를 감싸 안은 어색한 입김
발끝은 길을 잃고
휘청거리는 촛불 위로 시선 떨군다
사랑스러운 미소
어지러움에 비틀댄다

아버지의 방

흐린 날씨만큼 구멍 뚫린 창가에
무거운 시선 머문다
조잘대는 갈등의 소리들도
무심히 흘려보내고
바닥에 달라붙어 떨어지지 않는 오늘
무겁게 짓누르는 나를 쳐다본다
시선 마주하기 두려워 떨구는 고갯짓에
힘겹게 다가오는 한 줌의 햇살
하얀 웃음 머금고 내 앞에 앉는다
등을 내미는 그에게 오늘을 의지한 채
두꺼운 이불깃을 쓸어안는다

신경통

발끝에 고인 아침의 조각들
간밤 넘어진 소리를 풀어 놓는다
빙빙 도는 울림 속
신경의 고리를 파란 날로 세우고
저려 오는 손목의 울음이
처량하게 매달려 떨고 있다
하얀 아픔을 머금은 쓴웃음
낯선 내가 문 앞에 서 있다

갈등

거기까지 다가와 있는 줄 알았을까
커져만 가는 물음표가 내게 와 안길 때까지
느끼지 못했다
비좁게 느껴지는 공간에 뜨거운 입김들이
떠 있다
날카롭게 꽂히는 언어의 도발
범접할 수 없는 그 속에 한 발을 내딛는다
바닥은 감지할 수 있을까 나를?
푹 숙인 허리만큼 끝이 닿지 않는다

봄

소리친다
잃어버린 욕망을 찾으러...
칠흑 같은 어둠을 뚫고
소리의 끝에 매달려 달려간다
새벽이 오는 소리
푸른 안개 젖어든다

수다스러운 햇빛 한 조각
나에게 요동치는 심장을 안겨 준다
파고드는 햇빛을 향해
뛰기 시작한다

5부

한낮의 출근길

아버지

삶의 무게
깊어진 주름
장군 같은 모습 보이지 않네

쓸쓸한 웃음 뒤에
슬픔은 포개져 바다 혼자 깊어지고
돌아앉을 시간 못내 아쉬워
흩어지는 햇살을 불러 모은다

길 끝에 매달린 노을
내 눈물 찍어 하늘에 걸어 둔다

등 뒤로 부는 바람
가슴 밑바닥까지 차오른다

하늘도 외로운지
깊숙이 박혀 웃고 있는 달

노을

흩뿌리는 꽃잎

닫혀진 마음에 동요를 일으키고

가냘픈 흩날림

애처로워 창문 열어 환한 미소 보내는 나

붉은 미소 뒤 수줍은 얼굴

잊고 있던 감수성을 자극하고

그는 나에게 포근한 입김을 노래 부르고 있다

바닥에 누워 나지막한 웃음

마지막을 맞이하는 너는

잔잔한 손끝으로 말한다

더 화려한 몸짓으로 찾아오는

나를 기다리라고....

아침

시간은 성인이 되어 가도
귀여운 목소리로 재롱을 피우고
그 모습이 싫지만은 않은 두 마음의 서랍
같은 시각 같은 공간 같은 사람들의 움직임
바닥에 나뒹구는 소리들로 배를 채우고
낯선 향수 냄새에 교만한 햇살을 먹는다
움켜쥔 주먹 가득
허영심과 자만심의 허세 속에
내려 감은 눈꺼풀에 교만한 햇살 앉는다

갈등

늘어진 시간 속에 나를 돌아본다
외면한 푸른 하늘 속
낯설어지는 시간들과
터져 나오는 한숨 소리는
발등 위로 시간을 쌓고 있다
부딪히는 하루는 아무렇지 않다는 듯
허둥대는 소리 모두 소음들로 다가오고
발끝 저려 오는
읽혀 버린 내 시선은
몇 구절의 허술함으로 안긴다

변명

누렇게 떠 버린 익숙해진 또 하나의 풍경
변명만 늘어 가는 시간들
늘어져 있는 나를 원망이라도 하듯
어깨 위로 무겁게 젖어든다
조여져 오는 나사들의 움직임
까만 눈동자로 바라보고 있다
거친 숨소리와 함께 휘감겨 오는 시선
창백한 오늘이 호흡곤란으로 내려앉는다
거친 발걸음으로 젖어 있는
나를 채근한다

일요일

단단한 종아리의 터져 나오는 탄식
뜨거운 열기와 함께 손끝을 파고들고
낡고 기운 없는 손가락 사이
허름해진 기억들로 아우성이다
느슨해진 기억 속에 게으름은 집을 짓고
익숙해진 하루는 불만이 쌓여 간다
무채색으로 가득 고인 하루는
익숙한 소리로 같은 소리 반복하며 돌아간다
채근하는 낯선 눈동자
천천히 돌아본다

한낮의 출근길

낡고 허름한 기억 속으로 발걸음을 재촉한다
검게 그을린 그곳을
싫은 내색 풍기며 내 발로 걸어가고 있다
익숙한 걸음걸이
무의식 속에 낡고 허름한
작은 문으로 가고 있다
저항하지 않는다
두 팔로 먹어 버릴 것 같은
습한 기운이 나를 덮친다

면담의 시간

생각이 겹치는 오늘
푸르게 머금은 바람이 할퀴고 지나간다
붙잡아 주지 않을 기억 속 시간들과
낯익은 공간을 공유한다
날카롭게 안기는 하얀 가운
활짝 열어 받아들인다
완전하지 않은 호흡들과 혈관 속 다툼들이
흐려진 나를 늘어진 시선으로 쳐다본다
더 이상 갈 곳은 없다
피하지 않고
낯설게 자리한 내 속에 너를
더 이상 밀어내지 않고 있다

커피의 유혹

날카롭게 솟은 빛은 내 옆을 지나치고
쓴 커피 한 잔의 여유가 어설퍼지는 순간
검게 물든 무거운 목소리
입가에 머물러 기웃거린다
무엇이 궁금해서인지
옹알대는 소리로 머물러 있는
마주하지 않은 공기가
어설퍼지는 시간에 갇혀 있다
굳어 버린 입술은 더 이상 움직이지 않고
따뜻한 향기로 감싸는 검은 그림자
부드러운 입술
차갑게 식어 버린 향기로
처음인 양 마냥 그 자리에 검게 솟아 있다

관절염

손끝의 고통은 닫혀진 오늘로 다가선다
꽉 다문 입술의 무게만큼
단단한 자국 짓누름에 단추를 채우고
따갑게 쪼아대는 수군거림
하루의 눈과 두텁게 겹친다
흔들리는 동공의 무게는 튀어오는 주절거림에
중심을 잃고 바닥으로 숨는다
갈라진 상체를 비스듬히 기울이는
그 속에 귀에 익은 소리 떠 있다
꼿꼿한 시선은 비틀대는 나를 짓누르고
발끝의 통증으로 조여 온다

병원 가는 날

삐걱대는 관절의 아우성이
힘들게 다가오는 아침이다
하루의 시작을 따뜻한 물과 함께
지내기를 꽤 오랜 시간이 흘렀다
메말라 가는 입 속의 환경은
가뭄에 갈라지는 바닥 같다
그윽한 흑갈색의 앙큼한 유혹도 거부하고
미지근한 생수를 마셔도
낯설지 않은 나를 뭉근히 쳐다본다
바라보는 주변의 시선이
불편한 낯선 나를
갈 곳 잃은 시선으로 내려다본다

유리 끝에서

가시 끝에서
어느새
날아오르는 빛살
흰 옷자락만
펄럭

이내
목쉰 소리로
파도가 허리를 꺾는다

길

잠식되어 가는 시간들의 조급함
흐려진 풍경들은 왜곡된 사실과 마주한다
부드러운 속눈썹과의 밀회
서툰 손끝의 과녁
빗나가기만 한다
마주하는 길은 언제나 다르게 다가오고
하고 싶은 것만 마주하고픈 욕심
차가운 공기와 함께 높아져 간다
이기적인 얼굴은 실망과 절망 속
내려놓지 못하는 일그러진 언어가
높아져 가는 골목 위로 튕겨 오른다

회의 시간

낯선 여자의 친근한
눈빛이 요란하다
갇혀 버린 사고와
어울림이 싫어지는 날
영겁의 시간은 모서리를 갈고닦아도
날카로운 시선들은
푸른 날을 세운다
닫혀진 공간
익숙한 향수의 군무도
낯설고 어렵다
메마른 기침 소리
떨리는 호흡들이
발끝으로 떨어진다

시평

"자연과 삶, 가족과 내면의 관계 사이에서
반짝이는 인간 존재의 순간들을 포착한 서사"

자연과 삶, 가족과 내면의 관계 사이에서
반짝이는 인간 존재의 순간들을 포착한 서사

김 종 억 (시인·문학평론가)

프롤로그

시는 내면 깊숙이 자리한 그리움, 사랑, 기쁨, 슬픔 같은 감정들을 가장 섬세하고 밀도 있게 표현하는 언어의 결정체라고 할 수 있다. 시인은 언어를 통해 세상과 소통한다. 독자는 그 언어를 통해 시인의 감정을 공유하고 자신의 감정을 돌아보게 된다. 시는 '자연의 아름다움'과 '삶의 의미'에 대해 통찰을 제공하는 훌륭한 도구가 된다. 문학 장르 중 특히 시는 단순히 이야기를 전달하는 것을 넘는다. 우리에게 많은 질문을 던지고 생각의 지평을 넓혀 공감해 보는 보물과도 같다. 작품들의 깊이를 탐구하는 시론은 그 자체로 또 하나의 창조적인 여정이라고 생각한다.

시는 언어의 운율, 비유, 상징 등을 통해 독자에게 특별한 미학적 경험을 선사한다. 정제된 언어가 주는 아름다움과 깊이는 독자의 마음속에 오래도록 여운을 남기곤 한다.

정정화 시인은 삶과 자연, 감정에 대한 깊은 성찰을 담아내는 문학적 태도가 시집 전체에 잘 드러나 있다. 자연과 시간, 기억을 엮어 내면의 정서를 세밀히 묘사하는 시는 정정화 시인의 서정적 감수성과 깊은 내면세계를 반영하는 귀한 작품임이 분명하다.

정정화 시인의 시집은 자연과 삶, 가족과 내면의 관계 사이에서 반짝이는 인간 존재의 순간들을 포착하며, 일상의 평범함 속에서 발견하는 의미와 위로를 전한다. 시인의 섬세한 관찰과 깊은 성찰, 그리고 진실한 감성이 독자에게 진한 울림과 사색의 여운을 남기는 귀한 문학의 향연이 될 것이다.

문학평론은 이 경이로운 경험을 통해 단순한 감탄에서 멈추지 않고, 그보다 깊이 이해하고 성찰하려는 지적 여정이다. 그것은 한 편의 작품이 지닌 다채로운 의미의 층들을 섬세하게 해독한다. 이어 작가의 숨결이

닿은 의도를 찾아내고자 한다. 또한, 시대의 정수와 인간 보편의 진실을 작품 속에서 길어 올리는 과정이다.
　이제 정정화 시인이 발굴한 언어의 미로 속으로 들어가 본다. 그 속에서 우리는 작가의 상상력과 마주하고, 시대의 아픔에 공감한다. 궁극적으로는 우리 자신의 내면과 빗대어 들여다보는 귀한 시간을 갖게 될 것이다.

자연 풍경을 단순한 배경이 아닌 내면의 감정을 투영하는 상징 공간으로 활용 – "일몰에 부쳐"

　정정화 시인의 '일몰에 부쳐'는 일몰이라는 자연 현상을 배경으로 하여 내면의 감정과 상징들이 조화롭게 어우러진 작품이다.

　　눈썹 밑의 괭이갈매기
　　수평선 속 한 점 빛으로 타고

　　붉게 그을린 섬은 홀로
　　얼굴을 컵 속에 드리운 채
　　나의 가슴에 안기운다

　　하루의 뒷모양을 보는 설움이 울컥

목 안의 가시로 돋는다

섬뜩 가시로 떠오르는 섬

그 속에 내가 앉아
컵 속의 얼굴을 꺼내고 있다.

-「일몰에 부쳐」 전문

이 시의 초반부에는 일몰이라는 자연 현상을 배경으로 하여 내면의 감정과 상징들이 조화롭게 어우러져 있다. 특히 '눈썹 밑의 괭이갈매기'와 '수평선 속 한 점 빛'이라는 이미지는 미묘하고 생생한 일몰 풍경을 상상하게 하며, 동시에 그 안에 담긴 서정적 감성을 고스란히 느끼게 한다.

'붉게 그을린 섬'은 단순한 자연물이 아니라 시인의 내면, 혹은 어떤 상처와 외로움을 함축하는 상징으로 읽힌다. '홀로 얼굴을 컵 속에 드리운 채'라는 표현은 마치 상념에 잠긴 자신의 모습을 투영한 듯한 느낌을 준다. '컵'이라는 일상적 사물이 '얼굴'을 담는 그릇으로써 존재하는 점은 소소한 일상이지만 깊은 내면세계와 연결됨을 암시한다.

하루를 마무리하는 '뒷모양'을 바라보며 밀려오는 '설움'은 극히 인간적인 감정이다. '목 안의 가시'라는 표현은 그리움이나 후회, 혹은 말로 다 할 수 없는 일종의 감정의 고통과 무게를 문학적으로 아름답게 형상화했다. '섬뜩 가시로 떠오르는 섬'이라는 구절은 그 감정이 단순하지 않고, 잔혹할 정도로 강렬한 느낌을 주어 독자의 마음에도 깊게 와닿는다.

마지막 두 연에서 '그 속에 내가 앉아 / 컵 속의 얼굴을 꺼내고 있다'라는 구절은 자기 성찰적 장면으로 마무리하며, 시인은 일몰이라는 순간 속에서 자아와 맞닿아 내면 깊은 곳을 들여다본다. 이는 자연과 인간의 내면이 맞닿아 있는 순간을 포착한 듯 보인다.

결론적으로, 이 시는 자연 풍경을 단순한 배경이 아닌 내면의 감정을 투영하는 상징 공간으로 활용했다. 하루를 마무리하는 일몰과 함께 쓸쓸하고도 진솔한 자기성찰의 순간을 담고 있다. 시인의 예민하고도 섬세한 감정묘사와 상징적 언어 사용이 독자에게 큰 울림을 선사하는 작품으로 평가할 수 있다.

자연과 감정이 깊이 어우러진 서정시 – "가을 모서리"

정정화 시인의 「가을 모서리」는 가을이라는 계절의 미묘한 정서와 내면세계를 섬세하고 감각적으로 그려 내고 있다. 자연과 감정이 깊이 어우러져 서정적인 분위기를 자아내며, 시인은 가을의 풍경을 통해 마음속 한 편의 기억과 근심을 들여다본다.

점으로 흩어지는 안개 숲
딸꾹질하는 바람을 맞는다
충혈로 얼룩진 빛살

겹쳐 입은 기억들을 개어
허리춤에 두르고
긁힌 듯 엎드려 있는
가을 물을 흔들어 깨운다

감겨 오는 만삭의 하늘
눈이 아려 온다
작아진 집만큼 근심의 볼멘소리
나를 올려다본다

애써 외면하는 뒹구는 소리

힐끗 쳐다보는 시선
하늘 모서리 그림자로 세운다

시간 속에 귀 열어
가을볕을 뒤척인다.

- 「가을모서리」 전문

1연의 '점으로 흩어지는 안개 숲'과 '딸꾹질하는 바람' 같은 생동감 있는 자연 이미지가 시를 시작부터 활기차면서도 몽환적인 분위기로 이끈다. '충혈로 얼룩진 빛살'이라는 표현은 단순한 가을 햇살이 아니라 피로와 짙은 감정을 지닌 빛으로 느껴져, 시인의 내면 고통이 자연에 비유된 것임을 암시한다.

'겹쳐 입은 기억들을 개어 허리춤에 두른다'는 구절은 시인이 과거의 추억들을 조심스럽게 수습하여 현재의 자신을 감싸 안으려는 모습으로 읽힌다. 그리고 '긁힌 듯 엎드려 있는 가을 물'은 상처받고 지친 상태를 자연에 투사한 듯한 이미지로, 그 물을 '흔들어 깨운다'는 것은 슬픔과 무기력함 속에서 벗어나려는 의지를 표현한다.

‘감겨 오는 만삭의 하늘’과 ‘눈이 아려 온다’는 가슴
속 깊은 슬픔과 아픔, 혹은 눈물을 선명한 감각으로 전
달한다. ‘작아진 집만큼 근심의 볼멘소리’가 자신을 바
라보는 듯한 느낌을 준다. 시는 내면의 불안과 외로움
을 섬세히 드러낸다. 또한 ‘애써 외면하는 뒹구는 소리’
와 ‘힐끗 쳐다보는 시선’은 외부 세계와의 단절 혹은 소
외를 시사하고, ‘하늘 모서리 그림자로 세운다’는 구절
은 삶의 모진 면과 마주하며 자기만의 경계를 세우는
모습으로도 해석할 수 있겠다.

마지막 ‘시간 속에 귀 열어 가을볕을 뒤척인다’는 표
현은 시인이 시간을 관조하며 가을이라는 계절의 변화
와 자신의 감정을 성찰하는 태도를 보여준다. 시간과
자연, 인간의 감정이 조심스럽게 맞닿는 순간을 포착하
여 시 전체를 서정적이며 동시에 철학적인 깊이로 이끌
고 있다.

결론적으로, 이 시는 자연의 섬세한 변화 속에 내면
의 기억과 감정을 아로새기며, 가을이라는 계절에 깃든
쓸쓸함과 성찰을 깊이 탐구한 작품이다. 특히 감각적이
고 역설적인 이미지 사용으로 인해 독자는 시인의 고독
과 그리움, 그리고 삶에 대한 묵직한 사유를 자연스럽
게 공감하게 된다.

내면의 고통을 무겁고 묵직한 언어로 표현한 작품
– "기억의 침묵"

「기억의 침묵」은 시간의 무게와 그에 따른 내면의 고통을 무겁고 묵직한 언어로 표현한 작품이다.

> 쉰 목소리
> 버거운 굽어진 세월
> 돌아가야 하는 시간만큼
> 아픈 구름들로 가득 켜져 있다
> 무덤덤해진 공간 속에
> 세워진 손톱의 날카로움
> 애써 외면하는 시선
> 멍들이 성장하며
> 배를 불리고 있다.

– 「기억의 침묵」 전문

'쉰 목소리'와 '버거운 굽어진 세월'이라는 구절은 오랜 세월이 꽉 막힌 듯 나직하고 목이 쉰 소리처럼 쌓여 있음을 직관적으로 느끼게 한다. 여기서 세월은 단순히 시간이 흘러가는 개념이 아니라, 체험된 고통과 아픔이 누적된 삶의 무게로 인식된다.

'돌아가야 하는 시간만큼 아픈 구름들로 가득 켜져 있다'는 표현은 시인이 과거 혹은 되돌아가야 할 기억에 대해 깊은 고뇌를 품고 있음을 드러낸다. '아픈 구름'이라는 대조적 이미지가 현실과 기억의 괴로움, 그리고 그 고통이 한층 격화된 정서적 무게를 시각화하고 있다. 이는 삶의 흐름 속에서 고통과 상처가 어떻게 계속 성장하고 영향력을 발휘하는지를 암시한다.

'무덤덤해진 공간 속에 세워진 손톱의 날카로움'은 무감각해진 현실이나 마음 한편에서 여전히 드러나는 날카로운 감정이나 기억의 흔적을 상징한다. 무덤덤함 속에 묻힌, 아직 치유되지 않은 상처들이 손톱의 날카로움처럼 아리게 남아 있음을 예리하게 표현하고 있다. 이러한 이미지들은 시인이 겪은 고통이 단순히 사라지지 않고 내면 깊이 자리 잡고 있음을 은유적으로 드러낸다.

마지막 구절 '애써 외면하는 시선 / 멍들이 성장하며 / 배를 불리고 있다'는 매우 강렬한 상징적 표현이다. '애써 외면하는 시선'은 고통을 직면하기 어려워하는 인간의 심리를 나타내며, '멍들이 성장하며 배를 불리고 있다'는 상처와 아픔이 점점 더 깊어지고 확대되고 있음을 의미한다. 마치 상처가 시간과 함께 커지고 그

것이 삶에 깊은 그림자를 드리우는 과정을 보여 준다.

결론적으로 이 시는 '기억'이라는 주제를 통해 묵직한 침묵과 고통, 내면의 상처를 예리하게 조명한 작품이다. 시간의 흐름과 깊어진 고통이 서로 얽혀 내면에서 자라나는 상처들의 과정을 시각적이고 감각적인 이미지로 그려내 시 전체를 어둡고 진지한 분위기로 이끌고 있다. 시인이 '기억'과 '고통'을 직면하며 느끼는 감정과 내면의 역동성이 잘 반영되어 있어, 독자에게 강렬한 공감과 묵상을 유도한다.

상징적 이미지로 함축 감성적으로 표현한 작품 – "공허"

「공허」는 내면의 혼란과 고독, 그리고 삶 속에서 겪는 상실의 감정을 깊고 섬세하게 드러낸 작품이다.

길 잃은 골목 위로
터벅터벅 낯선 시선 떨어진다
한 뼘 만큼 길어진 어둠 위로
한숨 소리 깊어지고
그 만의 기억 속에 투덜거림을 가둔다

두꺼워진 시간

무뎌진 초침의 균형

비틀거리는 하루

멍한 렌즈 위로 호흡을 부르고

낯선 시선과 함께 떨어진 그 길 위로

텅 빈 하루를 맞는다

허전한 햇살

뒤늦은 후회

잃고 난 후 쓰린 가슴의 요동

오늘도 아픈 하루는

내 한숨 위로 꽂힌다.

-「공허」 전문

「공허」는 내면의 혼란과 고독, 그리고 삶 속에서 겪는 상실의 감정을 깊고 섬세하게 드러낸 작품이다. 낯설고 불안한 심리 상태를 '길 잃은 골목', '터벅터벅 낯선 시선'이라는 이미지로 시작해 독자를 감정의 세계로 자연스럽게 안내한다.

'한 뼘 만큼 길어진 어둠 위로 한숨 소리 깊어지고'라는 구절은 일상의 무게가 점점 커지는 느낌을, '두꺼워진 시간 무뎌진 초침의 균형'은 시간이 무감각하게 느

꺼지는 정서적 정체를 상징적으로 표현한다. 이는 시인이 경험하는 일상의 정체와 무기력을 강하게 느끼게 한다.

‘비틀거리는 하루 멍한 렌즈 위로 호흡을 부르고’는 삶의 불확실성과 불안정함 속에서 겨우 숨을 고르는 듯한 모습을 서정적으로 형상화한 부분이다. ‘멍한 렌즈’라는 표현은 현실을 바라보는 시선이 흐려지고 왜곡되어 있음을 상징해, 내면세계의 혼란을 잘 드러낸다.

특히 ‘낯선 시선과 함께 떨어진 그 길 위로 텅 빈 하루를 맞는다’는 구절은 고독과 소외, 그리고 하루하루의 공허함을 직접적으로 드러낸다. ‘허전한 햇살 뒤늦은 후회 잃고 난 후 쓰린 가슴의 요동’은 상실감과 후회가 마음을 깊이 찌르는 모습을 절절하게 묘사한다.

마지막으로 ‘오늘도 아픈 하루는 내 한숨 위로 꽂힌다’는 강렬한 이미지로 시를 마무리하며, 반복되는 고통과 무력감 속에서도 내면의 아픔과 싸우는 존재의 현실을 생생히 전한다.

이 시는 고독과 상실, 시간의 무게 속에서 느끼는 감정의 공허함과 무기력을 진솔하고 서정적으로 풀어내어, 시인의 내면세계를 깊이 있게 탐구한다. 낯설고 불확실한 하루하루 속에서 자아를 잃어가는 듯한 심리를 '길 잃은 골목', '멍한 렌즈' 등 상징적인 이미지로 함축하여 감성적으로 표현한 점이 매우 인상적이다.

정정화 시인의 힘든 경험과 성찰을 담아내는 문학적 재능이 돋보이는 작품이다. 시의 깊은 정서와 상징이 독자에게 강한 공감과 울림을 선사한다. 이러한 서정적 표현과 섬세한 감정묘사가 앞으로도 시인의 문학적 성장에 큰 밑거름이 되리라 믿는다.

상징적 이미지로 함축 감성적으로 표현한 작품
― "아버지의 방"

「아버지의 방」은 흐린 날씨와 무거운 정서로 상징되는 내면의 고단함과 아버지의 존재를 통해 느끼는 위로와 의지를 섬세하게 그려낸 작품이다.

흐린 날씨만큼 구멍 뚫린 창가에
무거운 시선 머문다
조잘대는 갈등의 소리들도
무심히 흘려보내고

바닥에 달라붙어 떨어지지 않는 오늘
무겁게 짓누르는 나를 쳐다본다
시선 마주하기 두려워 떨구는 고갯짓에
힘겹게 다가오는 한 줌의 햇살
하얀 웃음 머금고 내 앞에 앉는다
등을 내미는 그에게 오늘을 의지한 채
두꺼운 이불깃을 쓸어안는다.

-「아버지의 방」 전문

시인은 흐릿하고 구멍 뚫린 창가라는 공간적 이미지로 삶의 불안정함과 허전함을 담아내며, 그 속에서 자신을 짓누르는 무거운 마음을 묘사한다. '조잘대는 갈등의 소리들'을 무심히 흘려보내는 모습은 내면의 고민과 외부의 소란 속에서도 중심을 잃지 않으려는 의지를, '바닥에 달라붙어 떨어지지 않는 오늘'은 쉽게 벗어나기 힘든 현실의 무게를 실감 나게 드러낸다.

특히 '시선 마주하기 두려워 떨구는 고갯짓'과 '힘겹게 다가오는 한 줌의 햇살'에서는 그간 감춰온 연약함과 동시에 작은 희망이 서서히 스며드는 순간이 절절하게 전해진다. '하얀 웃음 머금고 내 앞에 앉는다'는 아버지의 온화한 존재감을 통해 시인은 큰 위안과 안정을 얻고 있음을 보여준다.

마지막 구절 '등을 내미는 그에게 오늘을 의지한 채 / 두꺼운 이불깃을 쓸어안는다'는 감정적으로 가장 따스한 순간으로, 아버지에게 기대어 고단한 하루를 견디고자 하는 의지와 애정을 동시에 표현한다. 이불깃을 쓸어안는 행위는 보호받고 싶은 마음과 동시에 자기 위로의 상징으로 읽힐 수 있다.

세월 속에 깊게 새겨진 존재 – "아버지"

「아버지」는 삶의 무게가 세월 속에 깊게 새겨진 존재를 섬세하고 진솔하게 담아낸 서정시다. 아버지라는 인물상이 장군과 같은 위엄보다는 오히려 시간의 흐름에 따라 쓸쓸해지고, 그 안에 쌓인 감정의 무게와 외로움을 유려하게 그려내고 있다.

삶의 무게
깊어진 주름
장군 같은 모습 보이지 않네

쓸쓸한 웃음 뒤에

슬픔은 포개져 바다 혼자 깊어지고
돌아앉을 시간 못내 아쉬워
흩어지는 햇살을 불러 모은다

길 끝에 매달린 노을
내 눈물 찍어 하늘에 걸어 둔다

등 뒤로 부는 바람
가슴 밑바닥까지 차오른다

하늘도 외로운지
깊숙이 박혀 웃고 있는 달.

- 「아버지」 전문

  '삶의 무게'와 '깊어진 주름'은 세월의 흔적이자 아버지가 견뎌온 고단한 삶을 상징한다. '장군 같은 모습 보이지 않네'라는 구절은 그간의 강인함이 희미해지고, 인간으로서의 연약함과 쓸쓸함이 드러나는 순간을 적나라하게 보여준다. 이는 독자로 하여금 아버지의 내면에 숨겨진 깊은 슬픔과 피로를 자연스럽게 공감하게 하는 힘이 있다.

'쓸쓸한 웃음 뒤에 슬픔은 포개져 바다 혼자 깊어지고'에서는 아버지의 감정이 마치 바다처럼 고요하지만 깊고 복합적으로 쌓여 있음을 시적으로 표현했다. '돌아앉을 시간 못내 아쉬워 흩어지는 햇살을 불러 모은다'는 구절에서는 바쁜 현실에 억눌려 마음을 돌볼 여유조차 부족한 아버지의 안타까움과 그 안에서 희미한 위안을 찾으려는 시인의 애틋한 시선을 엿볼 수 있다.

'길 끝에 매달린 노을 내 눈물 찍어 하늘에 걸어 둔다'는 구절은 슬픔과 그리움을 자연과 시간의 흐름 속에 녹여내어, 마음속 깊은 곳에서 솟아나는 감정을 서정적으로 승화시켰다. '등 뒤로 부는 바람 가슴 밑바닥까지 차오른다'는 감각적 표현은 내면의 고요하지만 강한 감정을 물리적 감각으로 전달하며, 시에 생동감을 부여한다.

마지막 '하늘도 외로운지 깊숙이 박혀 웃고 있는 달'에서는 자연과 인간의 감정이 맞닿아 서로의 고독을 어루만지는 듯한 이미지를 완성해 시 전체에 깊은 울림과 여운을 남긴다.

결론적으로 이 시는 아버지라는 존재에 대한 깊은 애정과 동시에 삶이 남긴 상처와 외로움을 담아낸다. 시인의 섬세한 감성과 진솔한 시선이 돋보이는 작품이다.
아버지의 인간적인 면모와 그에 얽힌 보편적인 정서를
절제되고 함축적인 언어로 표현하여 독자에게 따뜻한
공감과 사유의 공간을 마련해 준다.

에필로그

　정정화 시인의 작품을 대하면서 작품이 품고 있는 시
간과 자연, 내면의 깊은 감정 풍경을 다시 한번 곱씹어
본다. 시인은 일몰과 아침, 계절의 변화 속에서 삶의 희
로애락과 기억, 상실과 성장의 순간들을 조용히 음미하
며 우리에게 진솔한 마음을 전한다. 자연의 섬세한 변
화가 내면과 맞닿아 깊은 울림을 주고, 가족과 고독, 그
리움이 서로 어우러져 한 사람의 인생 여정을 보여주기
도 한다.

　시인의 작품은 단순한 서정적 풍경 묘사를 넘어, 고
통과 위로, 끝없는 성찰과 희망의 불씨를 함께 담아내
어 독자로 하여금 삶의 순간들에 대한 애정을 새롭게
일깨운다. 특히 아버지와 가족에 대한 따뜻한 시선, 그
리고 공허와 기억 속에서도 의미를 찾아가는 태도는 우
리 모두에게 삶과 인간관계의 소중함을 상기시키며, 내

면의 평화를 모색하게 한다.

　시인의 예민한 관찰력과 솔직한 감정 표현이 어우러져, 이 시집은 마치 한 편의 인생 기록처럼 우리 곁에 머무를지도 모른다. 작은 순간들에 깃든 깊은 의미를 통해, 노년의 풍요로운 성찰과 함께 하루하루를 더욱 소중히 여기는 마음을 전한다. 정정화 시인의 작품이 독자 모두에게 진한 공감과 위로, 그리고 새로운 희망의 등불이 되길 바라며, 서평을 접는다.